AF460702

1897-Mars-26

Vente après Décès et en vertu d'Ordonnance

Le 26 Mars 1897

(HOTEL DROUOT)

CATALOGUE

DE

VIGNETTES

ANCIENNES ET MODERNES

DESSINS ORIGINAUX

PORTRAITS

PROVENANT DE LA

BIBLIOTHÈQUE DE FEU M. T. DE M.

CINQUIÈME PARTIE

Mᵉ GEORGES BOULLAND, Commissaire-Priseur
26, RUE DES PETITS-CHAMPS, 26

M. CHARLES PORQUET	M. PAUL ROBLIN
Libraire	Marchand d'estampes
1, QUAI VOLTAIRE, 1	65, RUE SAINT-LAZARE, 65

— Mars 1897 —

COLLECTION T. DE M.

VIGNETTES

DESSINS ORIGINAUX, PORTRAITS

CINQUIÈME PARTIE

CONDITIONS DE LA VENTE

La vente sera faite au comptant.

Les acquéreurs paieront *cinq pour cent* en sus des enchères.

M. Paul Roblin, chargé de la direction de la vente, se réserve la faculté de rassembler ou de diviser les lots.

ORDRE DE LA VACATION

Estampes et Portraits . . . . Nos 24 à 72

Suites de Vignettes. . . . . Nos 73 à 186

Dessins originaux . . . . Nos 1 à 23

CATALOGUE

DE

VIGNETTES

ANCIENNES ET MODERNES

DESSINS ORIGINAUX, PORTRAITS

ESTAMPES, VUES, RECUEILS

PROVENANT DE LA

BIBLIOTHÈQUE DE FEU M. T. de M.

CINQUIÈME PARTIE

DONT LA VENTE AUX ENCHÈRES PUBLIQUES AURA LIEU

Hôtel des Commissaires-Priseurs, rue Drouot, n° 9

SALLE N° 11

Le Vendredi 26 Mars 1897

A DEUX HEURES

Par le ministère de Me **GEORGES BOULLAND**, commissaire-priseur
26, RUE DES PETITS-CHAMPS

Assisté de M. **CHARLES PORQUET**, Libraire
1, QUAI VOLTAIRE

Et de M. **PAUL ROBLIN**, marchand d'estampes
65, RUE SAINT-LAZARE

Paris, 1897 —

DÉSIGNATION

DESSINS

ANONYMES.

1. Cinquante-sept dessins in-8, tête de page, pour les *Fables de Florian*.

   A la sépia. Ont été gravés.

2. Vingt-deux dessins in-18 pour les *Fables de Florian*.

   Plume et lavis d'encre de Chine.

3. Quatre frontispices in-8, composés de cinq médaillons pour les *Œuvres de Florian*.

   A la sépia.

BOULANGER (L.).

4. Henriette d'Angleterre, duchesse d'Orléans, in-8.

   Aquarelle. On y a joint la gravure.

CHARLET.

5. Dix dessins in-18 pour les *Aventures de Don Quichotte*. Ed. Marlin, 1831.

   A la sépia. Signés.

DESENNE (ALEXANDRE).

6. Tasso (Torquato), in-8.

   A la mine de plomb. On y a joint la gravure et un dessin d'un autre personnage, trois pièces.

7. Vingt dessins in-18 pour les *Œuvres de Molière*. Édition de la Bibliothèque Française, 1820, in-8 rel. mar. rouge, dos orné, t. d. (*Capé.*)

A la sépia. On y a joint les vingt pièces gravées, épreuves avant la lettre; un dessin in-8 du même artiste représentant le Souper d'Auteuil et deux portraits de Molière dessinés par A. Desenne et Amb. Tardieu, ensemble 43 pièces.

8. Cinquante-six dessins in-18 pour les *Œuvres de Florian*. Éd. Renouard, 1820.

A la sépia. On y a joint la Collection des figures en épreuves avant la lettre sur papier de Chine et le portrait de Florian, dessin original de Tony Johannot.

DESENNE (A.), LE PRINCE (A.-X.), BOURGEOIS.

9. Dix-neuf dessins in-8 pour les *Œuvres de J.-J. Rousseau*. Éd. Lefèvre, 1819. (Vente La Bédoyère, 1862.)

A la sépia.

DEVÉRIA (Achille).

10. Un portrait de Jean-Jacques Rousseau et six dessins in-8 pour les *Œuvres*. Ed. Dalibon.

A la sépia. Signés et datés, 1823, 1824 et 1828.

FLANDRIN (Hippolyte).

11. Sujets religieux. Six esquisses.

A la mine de plomb. Cachets de la vente de l'artiste.

LE BARBIER.

12. Quatre dessins in-8 pour *Numa Pompilius* de Florian.

A la sépia, signés et datés, 1795 et 1796. On y a joint six pièces gravées, épreuves avant la lettre et eaux-fortes pures.

LIENDER (J. Van).

13. Les douze mois de l'année, petit in-4 en largeur. 12 pièces.

Au lavis de bistre. Signés au verso et datés, 1767.

MARILLIER (C.-P.).

14. Huit dessins in-8 pour les *Fables de Florian*. Éd. Guilleminet, 1784-1799.

Au lavis d'encre de Chine, signés et datés, 1795 et 1796. On y a joint douze pièces gravées, épreuves avant la lettre et eaux-fortes pures.

15. Quatre dessins in-8 pour les *Nouvelles* de Florian.

Au lavis d'encre de Chine. Signés. On y a joint quatre pièces gravées, épreuves avant la lettre.

16. Cinq dessins in-8 pour le *Théâtre* de Florian.

Au lavis d'encre de Chine. On y a joint douze pièces gravées, épreuves avant la lettre et eaux-fortes pures.

17. Dessin in-8 pour *Tobie*, de Florian.

Au lavis d'encre de Chine. Signé et daté, 1796. On y a joint la gravure.

MONNET (C.).

18. Deux dessins in-8, pour *Gonzalve de Cordoue*, de Florian.

A la sépia, signés. On y a joint treize pièces gravées, épreuves avant la lettre et à l'eau-forte pure.

MOREAU LE JEUNE (J.-M.).

19. Neuf dessins in-8 pour les *Œuvres de J. de Crébillon*. Éd. Renouard.

A la sépia, signés et datés, 1812. On y a joint le portrait de Crébillon, profil in-4, dessiné par Aug. de Saint-Aubin, au crayon noir et à la sépia.

20. Cinq dessins in-18 pour les *Œuvres* de Florian.

A la sépia. Signés et datés 1811.

QUEVERDO.

21. Quatre dessins in-8, pour *Estelle* de Florian.

A la sépia. Signés. On y a joint cinq pièces gravées, épreuves avant la lettre et à l'eau-forte pure.

RIBAUD (Mlle Julie).

22. Neuf dessins in-8, pour les *Œuvres de Madame de Souza.*
A la sépia. Signés.

23. Sous ce numéro, il sera vendu plusieurs dessins et aquarelles.

ESTAMPES ET PORTRAITS

AUBERT (J.).

24. Gillot (Charles). Peintre, d'après lui-même.
Épreuve avec marges.

BOUCHER (d'après Fr.)

25. L'Amour moissonneur. — L'Amour oiseleur. — Les Buveurs de lait. Trois pièces gravées par J. Daullé et Lepicié.
Belles épreuves.

26. L'Amour ranime Aminte dans les bras de Sylvie, par Lempereur.
Très belle épreuve, à toutes marges.

27. L'Eau. — Le Feu, deux pièces par J. Daullé.
Très belles épreuves, à toutes marges.

28. Le Fleuve Scamandre, par de Larmessin.
Belle épreuve avant l'adresse de Buldet, marges.

COLLAERT.

29. Vita, Passio, et resurrectio Jesu-Christi, d'après M. de Vos. Titre et 50 pièces. — Ancien testament, 10 pièces, par Th. Galle. — Solitudo sive vitæ fœminarum anachoritarum. Titre et 24 pièces, par Collaert. — Vita S. Vir-

ginis Teresiæ, a Jesu ordinis Carmelitarum. 25 pièces, par Collaert, ensemble 111 planches in-4, en largeur, rel. veau (Dérelié).

DELVAUX (R.).

30. Sévigné (Marie de Rabutin Chantal. Mise de), d'après Nanteuil, in-18.

Très belle épreuve, marges, on y a joint une deuxième épreuve, avec le cadre réduit.

DIVERS.

31. Quarante-trois portraits de personnages célèbres, in-8 et in-18.

Belles épreuves, plusieurs sont avant la lettre.

32. Emblèmes et sujets religieux, gravés par Mallery, Th. Galle, Sadeler, Crispin de Passe et autres, quatre-vingt-deux pièces.

33. Portraits de peintres flamands et hollandais. Sujets religieux, etc. La plupart gravés par Houbraken. Quatre-vingt-neuf pièces.

34. *La Sainte Bible.* Trois cent-quarante-six planches gravées par Fokke, Folkema, Tangé et autres.

Épreuves avant la lettre, réunies en 3 vol. in-foi. cart.

35. *La Sainte Bible.* Réunion de soixante-neuf figures in-4 en largeur du XVIIe siècle, sans noms d'artistes, broché.

EDELINCK (G.).

36. Bossuet (J. Benigne), d'après H. Rigaud, in-4.

Belle épreuve, à toutes marges.

EDELINCK (Nic.).

37. Sévigné (Marie de Rabutin Chantal, Mise de), d'après Nanteuil, in-8.

Très belle épreuve, petites marges.

*

FICQUET (Ét.).

38. Corneille (Pierre), d'après Le Brun, in-8.

Superbe épreuve du 1er état à l'eau-forte pure, grandes marges.

39. — Le même portrait.

Superbe épreuve du 2e état, avec le bouclier blanc, grandes marges.

40. — Le même portrait.

Très belle épreuve d'un état non décrit, par Faucheux. Le bouclier est ombré et avec le nom de Pierre Corneille, avant les contretailles sur le manteau et avant l'effet donné au portrait, grandes marges.

41. — Le même portrait.

Très belle épreuve d'un état non décrit, avec l'effet donné au portrait, et avant les contretailles sur le manteau, grandes marges.

42. — Le même portrait.

Très belle épreuve du 3e état, avant les noms d'artistes, grandes marges.

43. Descartes (René), d'après Franc Hals, in-8.

Belle épreuve, grandes marges.

44. Fénelon (De la Mothe-), d'après Vivien, in-8.

Très belle épreuve, avant les noms d'artistes, marges.

45. Lafontaine (Jean de) avec la scène du Loup et de l'Agneau, d'après Hy. Rigaud, in-8.

Très belle épreuve au ruisseau blanc, grandes marges.

46. Montaigne (Michel de), d'après Dumoustier, in-8.

Belle épreuve, grandes marges.

47. Voltaire (Arouet de), d'après La Tour, in-8.

Très belle épreuve, avec la tablette blanche, sans marges.

FLAMENG (Léopold).

48. La Ronde de Nuit. — Jésus guérissant les malades, deux pièces d'après Rembrandt.

Épreuves encadrées.

FORSTER (S.).

49. La Vierge de la Maison d'Orléans, d'après Raphaël (H. B. 47).

Très belle épreuve d'artiste tirée sur papier de Chine avec le nom du graveur à la pointe, grandes marges (n° 2).

FRAGONARD (d'après H.)

50. Le chiffre d'Amour, par N. de Launay.

Très belle épreuve, grandes marges.

FREUDEBERG (d'après I.-H.-E.)

51. Le Bain, par A. Romanet. 1774.

Très belle épreuve avant le numéro, grandes marges.

52. Le Lever, par A. Romanet, 1774.

Très belle épreuve avant le numéro, grandes marges.

GAUCHER (C.-S.).

53. La Fontaine (Jean de), ovale, in-18.

Trois épreuves, en différents états, avant la lettre et à l'eau-forte pure, grandes marges.

54. — Le même portrait.

Deux épreuves, avant la lettre, et à l'eau-forte pure, marges.

GAUCHER (C.-S.) **INGOUF.**

55. Poètes et littérateurs, trente-sept portraits in-18.

Belles épreuves, la plupart à toutes marges.

GRATELOUP (J.-B.).

56. Montesquieu (Secondat de), d'après Dassier, in-8.

Très belle épreuve, grandes marges.

HILLEMACHER (Fréd.).

57. Trente-trois portraits in-8, dessinés et gravés à l'eau-forte. Acteurs et actrices de la troupe de Molière.

Belles épreuves avant la lettre, tirées sur papier de Hollande.

58. Quarante et un portraits in-8, gravés à l'eau-forte. Acteurs et actrices de la Comédie-Française.

Épreuves à toutes marges.

HOPWOOD.

59. Littérateurs et personnages célèbres. Vingt-six portraits in-18.

Belles épreuves à toutes marges.

INGRES (d'après J.)

60. Molière, in-4, par Henriquel-Dupont.

Très belle épreuve avec la petite lettre, grandes marges.

LANCRET (d'après N.)

61. On ne s'avise jamais de tout. — Les Rémois. Deux pièces par de Larmessin.

Très belles épreuves avant l'adresse, de Buldet, grandes marges.

LE BARBIER L'AINÉ (d'après)

62. Les Canadiens au tombeau de leur enfant, par Ingouf le Jeune, 1786.

Très belle épreuve avant la lettre, grandes marges.

LE BEAU.

63. Marie Leckzinska. — Louis XV. Deux portraits in-8, avec scènes au bas.

Belles épreuves.

LEVACHEZ (à Paris, chez)

64. Un titre gravé, un frontispice représentant le serment du Jeu de Paume et cent un portraits in-4 des députés à l'Assemblée nationale de 1789. Gravés par Sergent, Alix, Mlle Briceau et autres. Ensemble, 103 pièces.

Épreuves tirées en bistre ou à la sanguine, grandes marges.

MASQUELIER (C.-L.).

65. Grignan (Mme de). — Sévigné (Mme de). — Simiane (Mme de). Bussy Rabutin. — Grignan (cardinal de). Cinq portraits in-8.

Épreuves avant la lettre, en feuilles.

MÉCHEL (Chr. de).

66. Soixante-treize planches gravées d'après Cochin, Fragonard, Metzu et autres, in-folio cart.

RIGAUD (J.).

67. Vues de Versailles, Marly, Saint-Cyr, etc. Vingt-cinq pièces.

Épreuves à toutes marges.

SADELER.

68. Solitudo sive vitæ Patrum Eremicolarum, 30 pièces. — Silvæ sacræ, titre et 25 pièces. — Trophæ im vitæ solitariæ, 30 pièces. — Ermites, 25 pièces. — Solitudo sive vitæ Fœminarum Anachoritarum, titre et 24 pièces, ensemble cent trente-quatre planches in-4 en largeur, rel. veau. (*Rel. ancienne.*)

SAINT-AUBIN (Aug. de).

69. Personnages divers, seize portraits in-12 et in-8.

Belles épreuves, plusieurs sont avant la lettre, et à l'eau-forte pure.

SAVART (P.).

70. Boileau-Despréaux (Nic.). D'après Hy. Rigaud, in-8.

Belle épreuve avec l'adresse : Barrière du Fond-Taraby, remargée.

71. Bruyère (Jean de La), d'après de Saint-Jean, in-8.

Belle épreuve, grandes marges.

WILLE (J.-G.).

72. Musiciens ambulants. — Les offres réciproques, deux pièces faisant pendants, d'après Dietricy.

Très belles épreuves, grandes marges.

VIGNETTES

73. **Beaumarchais** (P. A. Caron de). Cinq figures in-8 de Gravelot pour *Eugénie*, drame en cinq actes, 1767.

Belles épreuves.

74. **Beaumarchais** (P. A. Caron de). Vingt-cinq figures in-8 gravées au trait par Gautier, pour les *Œuvres*. Éd. Colin, 1809.

Belles épreuves (manque le n° 14).

75. **Béranger**. Cent dix-neuf figures in-8 gravées sur bois d'après les dessins de J.-J. Grandville, pour *les Chansons*. Éd. Perrotin, 1836.

Épreuves sur papier de Chine volant à toutes marges.

76. **Béranger**. Vingt-trois figures et portraits, d'après Lemud, Wattier et autres, pour *les Œuvres posthumes*, *les dernières Chansons*, et *la Biographie*. Éd. Perrotin.

Épreuves avant la lettre sur papier de Chine, in-4 dans la couverture de publication.

77. **Boileau-Despréaux** (N.). Un portrait et vingt figures in-8, têtes de pages, dessinés et gravés à l'eau-forte par Foulquier, pour les *Œuvres*. Éd. Mame.

Épreuves avant la lettre sur papier de Chine volant à toutes marges.

78. **Bossuet**. Un portrait et six figures, in-8, têtes de pages, dessinés et gravés à l'eau-forte par Foulquier, pour les *Oraisons funèbres*. Éd. Mame.

Épreuves avant la lettre sur papier de Chine volant, à toutes marges.

79. **Bossuet**. Un portrait et quatre figures, in-8, têtes de pages, dessinés et gravés à l'eau-forte par Foulquier, pour les *Discours sur l'histoire universelle*. Éd. Mame.

Épreuves avant la lettre sur papier de Chine volant, à toutes marges.

80. **Cervantès**. Trente et une figures, in-4, d'après Boucher, Coypel, Cochin et autres, pour *Don Quichotte*. Éd. de 1746.

Belles épreuves avant les numéros, grandes marges.

81. **Cervantès** Vingt-quatre figures in-18 de Lefèvre et Lebarbier, pour *Don Quichotte*, traduction de Florian, 1799.

Épreuves avant la lettre, à toutes marges.

82. **Cervantès**. Dix-sept figures, in-12, gravées par Roger, Coupé et autres pour *Don Quichotte*, traduction de Florian, 1820.

Épreuves avant la lettre, remargées. On y a joint : 2 portraits de Cervantès gravés par Gaucher, 1 portrait de Florian, par Delignon, 6 vignettes contenant vingt-quatre médaillons d'après Lefèvre et Lebarbier et 12 vignettes gravées sur bois, ensemble 38 pièces.

83. **Cervantès**. Douze figures, in-18, d'après Devéria, pour *Don Quichotte*. Ed. Desoër, 1821.

Belles épreuves avant la lettre sur papier de Chine, marges gr. in-8 (une pièce est sur blanc).

84. **Cervantès**. Un portrait par Lefèvre et cinq figures, in-8, d'après Devéria, pour *Don Quichotte*. Ed. Delonchamps, 1825.

Épreuves avant la lettre, en feuilles in 4.

85. **Cervantès.** Un portrait et neuf figures, in-8, d'après Charlet, pour *Don Quichotte*. Éd. Marlin, 1831.

Épreuves avant la lettre sur papier de Chine, dans la couverture de publication.

86. **Cervantès.** La même collection.

Épreuves avant la lettre sur blanc, dans la couverture de publication.

87. **Cooper** (Fenimore). Vingt-quatre figures in-8, dessinées et gravées par Alfred et Tony Johannot, pour les *Œuvres*. Éd. Furne, 1831.

Épreuves sur papier de Chine, petit in-4. On y a joint 3 gravures anglaises, ensemble 27 pièces.

88. **Corneille** (P. et Th.). Trente-cinq figures in-8, de Gravelot, dont un portrait frontispice d'après Pierre, pour les *Œuvres*, 1764.

Belles épreuves du premier tirage.

89. **Corneille** (P. et Th.). Vingt-quatre figures in-8 de Moreau le Jeune, dont une par Prudhon, pour les *Œuvres*. Éd. Renouard.

Épreuves à l'eau-forte pure, en feuilles in-4. On y a joint trois portraits par A. de Saint-Aubin avant la lettre et à l'eau-forte pure, ensemble 27 pièces.

90. **Corneille** (P. et Th.). La même collection.

Épreuves avec la lettre, en feuilles.

91. **Corneille** (P. et Th.). Neuf planches doubles.

Épreuves avant la lettre et à l'eau-forte pure.

92. **Crébillon** (J. de). Neuf figures in-8 de Moreau le Jeune, pour les *Œuvres*. Éd. Renouard, 1818.

Belles épreuves en double état, eaux-fortes pures et avant la lettre. On y a joint deux portraits par Aug. de Saint-Aubin en états différents. Ensemble 20 pièces réunies en album in-4, demi-rel. mar. rouge, avec coins, t. d., n. rog. (Collection Em. Martin.)

93. **Delille** (Jacques). Un portrait par Dutillois et vingt-deux figures in-18, dessinées et gravées par Ferdinand, Fortier et Friley, pour les *Œuvres*. Éd. Dalibon et Hiard, 1822.

Épreuves avant la lettre sur papier de Chine, marges in-4.

94. **Delille**. Trois portraits et dix figures in-8, d'après les dessins d'Alfred et de Tony Johannot, pour les *Œuvres*. Éd. Furne, 1833.

Épreuves à toutes marges dans la couverture de publication. On y a joint 10 planches doubles avant la lettre. Ensemble 23 pièces.

95. **Divers**. Réunion d'environ deux cents vignettes pour les *Œuvres* de Florian, Molière, Berquin et autres.

Plusieurs épreuves sont avant la lettre.

96. **Fénelon**. Un portrait par Hubert et vingt-quatre figures, in-8, de Marillier, pour les *Aventures de Télémaque*. Éd. Deterville, 1796.

Belles épreuves avant la lettre, grandes marges.

97. **Fielding**. Neuf figures in-18 de Borel, pour *Tom Jones*. Ed. Imbert, 1801.

Belles épreuves avant la lettre, à toutes marges.

98. **Flaubert** (G.). Sept figures in-18 dont un frontispice, dessinées et gravées à l'eau-forte par Boilvin, pour *Madame Bovary*. Éd. Lemerre, 1878.

Épreuves avant la lettre sur papier de Chine.

99. **Florian**. Un portrait par Delignon, un frontispice et quatre figures in-8 de Queverdo, pour *Galatée*.

Épreuves avant la lettre, à l'eau-forte pure, et avec la lettre. Deux pièces ajoutées, ensemble 17 pièces.

100. **Gessner** (Sal.). Un portrait, trois frontispices, et quatorze figures in-18 de Marillier, pour les *Œuvres*. Éd. Cazin, 1778 et 1782.

Belles épreuves à toutes marges, trois planches sont avant la lettre.

101. **Gessner** (Sal.). Trois titres gravés, un portrait frontispice et soixante-douze figures in-4, d'après Lebarbier, pour les *Œuvres*. Éd. Vve Hérissant et Barrois l'aîné, 1786-1793.

Belles épreuves en feuilles, petit in-folio.

102. **Gessner** (Sal.). Trois portraits et quarante-huit figures in-8 de Moreau le Jeune, pour les *Œuvres*. Éd. Renouard, 1799. Cartonné.

Épreuves à toutes marges. On a joint au recueil la suite de un portrait et trente-six figures in-8 de Moreau, pour les *Lettres à Émilie sur la Mythologie*. Ensemble 88 pièces.

103. **Gessner** (Sal.). Réunion de cent-soixante-huit figures in-8 de Moreau le Jeune, pour les *Œuvres*. Éd. Renouard, 1799.

Belles épreuves, la plupart sont avant la lettre ou en épreuves d'artiste.

104. **Gœthe.** Quatre figures in-8 gravées par Burdet, d'après Tony Johannot, pour *Werther*. Éd. Crapelet, 1845.

Épreuves en double état, avant et avec la lettre sur blanc, en feuilles.

105. **Gœthe.** La même collection.

Belles épreuves avant la lettre sur papier de Chine, marges in-4.

106. **Gœthe.** La même collection.

Belles épreuves à l'eau-forte pure, marges in-folio.

107. **Gœthe.** Un portrait gravé par Langlois, d'après C. Meyer, et dix figures in-8 de Johannot, pour *Faust*. Éd. Michel Lévy, 1847.

Belles épreuves avant la lettre sur papier de Chine, marges in-folio. (Une planche est plus courte.)

108. **Imbert.** Quatre figures in-18 de Moreau le Jeune, pour les *Bienfaits du Sommeil*, 1776.

Belles épreuves à toutes marges.

109. **Imitation de Jésus-Christ.** Dix compositions de Jean-Paul Laurens, gravées par Léopold Flameng. Éd. Quantin.

Épreuves d'artiste sur papier du Japon, tirées à 80 exemplaires (n° 60).

110. **Johannot** (Tony). Recueil contenant quatre-vingt-quatre fleurons, pour les œuvres de Walter Scott, et vingt-sept pour les œuvres de Fenimore Cooper, in-fol. oblong, cartonné.

Épreuves en tirage à part, sur papier de Chine, grandes marges.

111. **Lafontaine** (J. de). Un portrait gravé par Dequevauviller et vingt-six figures, in-8, de Moreau le Jeune, pour les *Œuvres*. Éd. Lefèvre, 1822.

Épreuves avant la lettre sur papier de Chine volant, en feuilles.

112. **Lafontaine** (J. de). Un portrait par Hopwood et douze figures, in-8, de Tony Johannot, pour les *Œuvres*. Éd. Furne, 1835.

Épreuves avant la lettre sur papier de Chine, en feuilles in-4 dans la couverture de publication.

113. **Lafontaine** (J. de). La même collection.

Épreuves à l'eau-forte pure, en feuilles in-4. (Le portrait manque.)

114. **Lafontaine** (J. de). Un frontispice et deux cent soixante-quinze figures, in-8, gravés par J. Punt, Delfos et Vinkeles, d'après Oudry, pour les *Fables*. Éd. de Leyde, 1784-1786.

Belles épreuves, à toutes marges.

115. **Lafontaine** (J. de). La même collection.

Belles épreuves, marges in-8.

116. **Lafontaine** (J. de). Un portrait et cinquante figures, in-8, têtes de pages, dessinés et gravés à l'eau-forte par Foulquier, pour les *Fables*. Éd. Mame, 1875.

Épreuves avant la lettre sur papier de Chine volant, à toutes marges.

117. **Lafontaine** (J. de). Vingt estampes, in-4, d'après H. Fragonard, Touzé et Mallet, pour les *Contes*. Éd. Didot, 1795.

Épreuves avec les numéros, en feuilles non ébarbées.

118. **Lafontaine** (J. de). Cinquante-sept compositions in-4, gravées à l'eau-forte, d'après H. Fragonard, pour les *Contes*. Paris, Rouquette.

Épreuves à l'eau-forte pure.

119. **Lafontaine** (J. de). La même collection.

Épreuves avant la lettre, tirage en noir.

120. **Lafontaine** (J. de). La même collection.

Épreuves avant la lettre, tirage en bistre.

121. **Lafontaine** (J. de). Suite d'estampes d'après Lancret, Pater, Eisen, Boucher et autres, gravées par Dupollier, pour les *Contes*. Paris, Lemonnier, 1885.

Épreuves avant la lettre sur papier de Hollande.

122. **Lafontaine** (J. de). Huit figures, in-4, de Moreau le Jeune, pour *Psyché et Adonis*, 1795.

Belles épreuves avec marges.

123. **Lafontaine** (J. de). Un portrait par R. Delvaux et huit figures, in-18, de Moreau le Jeune, pour *Psyché et Adonis*. Ed. Saugrain, 1797.

Très belles épreuves en trois états. Eaux-fortes pures, avant et avec la lettre, marges gr. in-18. (Le portrait à l'eau-forte manque.)

124. **Lafontaine** (J. de). La même collection.

Épreuves avec la lettre, remargées à plat, de format in-4.

125. **Lafontaine** (J. de). Cinq figures, in-4, d'après Gérard, pour *Psyché et Adonis*. Ed. Didot, 1797.

Belles épreuves à l'eau-forte pure, grandes marges.

126. **Lafontaine** (J. de). Cinq figures, in-8, gravées par Devilliers, d'après Gérard, pour *Psyché et Adonis*.

Épreuves en feuilles in-4.

127. **Lafontaine** (J. de). Un titre et quarante-quatre sujets tirés de la fable de *Cupidon et Psyché*, d'après les dessins de Raphaël Sanzio, in-8.

Épreuves sur papier de Chine, marges in-folio.

128. **Maistre** (Xavier de). Un portrait et cinq figures in-12, dessinés et gravés à l'eau-forte, par Ed. Hédouin, pour le *Voyage autour de ma chambre*. Éd. Jouaust.

Épreuves avant toute lettre sur papier de Hollande, grand in-8.

129. **Molière**. Suite d'estampes, pour les principaux sujets des Comédies de Molière. Un frontispice et cinq planches in-folio en largeur, gravés par F. Joullain, d'après les esquisses de Coypel, 1726.

Très belles épreuves, sans marges.

130. **Molière**. Un portrait par Lépicié, d'après Ch. Coypel, et trente-trois figures in-4, gravés par L. Cars, d'après Fr. Boucher, pour les *Œuvres*. Ed. 1734.

Très belles épreuves, tirées sur papier fort petit in-fol. en feuilles.

131. **Molière**. *L'École des Femmes*. — *Le Dépit amoureux*. — Le *Tartuffe*, trois figures in-8 de Moreau le Jeune, pour les *Œuvres*. Éd. de Bret, 1773.

Très belles épreuves avant la lettre, marges in-8.

132. **Molière**. Un portrait par Aug. de Saint-Aubin et trente figures in-8 de Moreau le Jeune, pour les *Œuvres*. Éd. Renouard.

Belles épreuves avant la lettre en feuilles, grand in-8.

133. **Molière**. La même collection.

Belles épreuves avant la lettre, en feuilles, grand in-4.

134. **Molière**. La même collection.

Épreuves à l'eau-forte pure, en feuilles in-4. On y a joint la planche double pour *Amphitryon* et une épreuve du portrait sur papier jonquille, ensemble 33 pièces.

135. **Molière**. La même collection.

Épreuves avec la lettre sur papier de Chine, en feuilles in-4.

136. **Molière**. Un portrait par Lignon et dix-sept figures, in-8, d'après Carle et H. Vernet, Hersent, Vaflard et autres, pour les *Œuvres*. Éd. Desoër, 1819.

Épreuves avant la lettre, sur blanc, en feuilles in-4 (une planche est sur chine).

137. **Molière**. Douze planches doubles de la collection précédente.

Épreuves avant la lettre, marges in-4.

138. **Molière**. Un portrait par Bertonnier et vingt figures in-18, de Desenne, pour les *Œuvres*. Éd. de la Bibliothèque française.

Belles épreuves avant la lettre, en feuilles, grand in-8.

139. **Molière**. Un portrait par Taurel et dix-huit figures in-8, de Desenne, pour les *Œuvres*. Éd. Lefèvre, 1824.

Belles épreuves avant la lettre sur papier de Chine, marges in-4.

140. **Molière**. *Le Mariage forcé*. — *Le Médecin malgré lui*, deux pièces in-4, gravées par Prévost, d'après J.-J. Grandville, publiées dans l'*Artiste*.

Épreuves à toutes marges.

141. **Molière**. Un portrait gravé par Hopwood et Olivier, d'après Chenavard, et treize figures in-8 gravées par Nargeot, d'après Desenne et Vernet, pour les *Œuvres*. Éd. Furne.

Belles épreuves avant la lettre, grandes marges.

142. **Molière**. Cent soixante-trois vignettes, têtes de pages gravées à l'eau-forte, par Hillemacher, pour les *Œuvres*. Éd. Scheuring, 1864-1870.

Épreuves avant la lettre sur papier de Chine volant, en feuilles.

143. **Molière**. Trente-quatre estampes pour les *Œuvres* dessinées et gravées à l'eau-forte, par Adolphe Lalauze. *Paris, D. Morgand et Ch. Fatout*, 1876.

Épreuves d'artiste tirées à 80 exemplaires sur papier du Japon (n° 1).

144. **Molière**. Cinquante vignettes dessinées et gravées à l'eau-forte, par Valentin Foulquier, pour les *Œuvres*. Édition Mame. *Paris, D. Morgand et Ch. Fatout*, 1877.

Épreuves d'artiste tirées à 100 exemplaires sur papier du Japon (n° 3).

145. **Molière**. Trois portraits et trente-trois figures in-8, gravés par T. de Mare, d'après F. Boucher, pour les *Œuvres*. Publiés par Lefilleul, 1881.

Épreuves avant la lettre sur papier du Japon.

146. **Molière**. La même collection.

Épreuves à l'eau-forte pure, sur papier du Japon.

147. **Molière**. Suite d'estampes des principaux sujets des Comédies de Molière, d'après Charles Coypel, réduite et gravée par T. de Mare. *Paris*, *Ve Lefilleul*, 1882.

Épreuves en double état, eaux-fortes pures et avant la lettre sur papier du Japon, dans les couvertures de publication.

148. **Montesquieu**. Un frontispice et neuf figures in-8, gravés par N. Le Mire, d'après Ch. Eisen, pour le *Temple de Gnide*, 1772.

Superbes épreuves avant la lettre et avec les remarques au frontispice et aux planches 1er, 3e et 4e, toutes remargées à châssis de format in-4.

149. **Montesquieu**. Le Temple de Gnide, 1772. Le frontispice et les figures pour le chant III, page 31. Le chant VII, page 87, et *Céphise*, page 99, gravés par Le Mire, d'après Ch. Eisen, ensemble 4 pièces.

Rares épreuves à l'eau-forte pure, remargées de format in-4.

150. **Moreau le jeune** (d'après J. M.) Vingt-quatre estampes dessinées par Moreau le Jeune, en 1776-1783, pour servir à l'histoire des Modes et du Costume dans le dix-huitième siècle, gravées au burin, par Dubouchet. *Paris*, *L. Conquet*, 1881.

Épreuves du quatrième état avec les numéros et les noms imprimés.

151. **Musset** (Alfred de). Quarante-deux figures in-12, gravées à l'eau-forte, d'après les dessins de H. Pille, pour les *Œuvres*. Éd. Lemerre.

Épreuves avant la lettre, sur papier du Japon, gr. in-8.

152. **Musset** (Alfred de). La même collection.

Épreuves à l'eau-forte pure, sur papier du Japon, gr. in-8. (Tiré à 5 exemplaires.)

153. **Musset** (Alfred de). Illustrations pour les *Œuvres*, gravées à l'eau-forte par Lalauze, d'après les aquarelles d'Eugène Lami. *Paris, D. Morgand*, 1883, in-4, cartonné.

Exemplaire non rogné.

154. **Rabelais**. Un portrait et soixante-quatorze figures, in-8, non signés, pour les *Œuvres*. Éd. Bastien, an VI.

Belles épreuves, marges in-folio.

155. **Racine** (J.). Un portrait par Daullé et douze figures, in-4, d'après De Sève, pour les *Œuvres*. Éd. de 1760.

Belles épreuves, à toutes marges.

156. **Racine** (J.). Un portrait par Gaucher et douze figures, in-8, de Gravelot, pour les *Œuvres*. Éd. Cellot, 1768.

Belles épreuves, marges in-8. On y a joint deux planches doubles, ensemble 15 pièces.

157. **Racine** (J.). Un frontispice d'après Prud'hon et cinquante-six figures, in-folio, d'après Chaudet, Gérard, Girodet, Moitte, Peyron, Sérangeli et Taunay, pour les *Œuvres*. Éd. Didot, an IX (1801-1805).

Très belles épreuves avec la lettre grise à toutes marges, réunies en album, demi-rel. maroq. vert. (Le frontispice est avant la lettre avec petites marges.)

158. **Racine** (J.). Un portrait par Aug. de Saint-Aubin et douze figures, in-8, de Moreau le Jeune, pour les *Œuvres*. Éd. Renouard.

Épreuves en feuilles in-4. On y a joint 8 planches doubles, avant la lettre et à l'eau-forte pure.

159. **Racine** (J.). Un portrait et cinquante-huit vignettes, in-18, têtes de pages, dessinés et gravés à l'eau-forte par Fr. Hillemacher, pour les *Œuvres*. Éd. Scheuring.

Épreuves avant la lettre sur papier de Chine volant, à toutes marges.

160. **Racine** (J.). Un portrait et quarante-six figures, in-8, têtes de pages, dessinés et gravés à l'eau-forte par Foulquier, pour les *Œuvres*. Éd. Mame.

Épreuves avant la lettre, sur papier de Chine volant, à toutes marges.

161. **Regnard** (J.-F.). Un portrait et douze figures, in-8, d'après Alexandre Desenne, pour les *Œuvres*. Éd. Dufart, 1828.

Épreuves en double état, eaux-fortes pures et avant la lettre sur papier de Chine, en feuilles in-4, dans la couverture de publication. On y a joint deux portraits de Regnard, ensemble 28 pièces.

162. **Roman de la Violette**. Sept fac-simile et vignettes, pour le *Roman de la Violette*.

Épreuves en double état, sur parchemin et sur chine volant, à toutes marges.

163. **Rousseau** (J.-J.). Fleuron de titre par Choffard, pour le *Dictionnaire de la Musique*. Éd. de Londres, 1774.

Épreuve en tirage à part, marges.

164. **Rousseau** (J.-J.). Un portrait d'après Degault, et cinq figures in-8, d'après Prud'hon, toutes gravées par Copia, pour la *Nouvelle Héloïse*.

Belles épreuves remargées in-4.

165. **Rousseau** (J.-J.). Un portrait par Leroux et dix-neuf figures in-8, de Desenne, pour les *Œuvres*. Éd. Lefèvre, 1819.

Épreuves avant la lettre sur blanc, à toutes marges.

166. **Rousseau** (J.-J.). La même collection.

Épreuves avant la lettre sur papier de Chine, à toutes marges, le portrait est en double état.

167. **Rousseau** (J.-J.). La même collection.

Épreuves à l'eau-forte pure, en feuilles. On y a joint trois planches en états différents. Ensemble, 23 pièces.

168. **Rousseau** (J.-J.). Trente-six planches doubles.

Épreuves avant la lettre et à l'eau-forte pure, grandes marges.

169. **Rousseau** (J.-J.). Un portrait et quatorze figures in-8, d'après Alfred Johannot, Devéria et Burdet, pour les *Œuvres*. Éd. Armand Aubrée, 1834.

Épreuves sur papier de Chine, en feuilles, dans la couverture de publication.

170. **Rousseau** (J.-J.). La même collection.

Belles épreuves avant la lettre. On y a joint les neuf planches d'après Johannot, Marckl et Rouargue publiées par Furne. Ensemble 24 pièces, en épreuves d'artiste à toute marge.

171. **Rousseau** (J.-J.). Réunion de onze figures in-18 et in-8, d'après Moreau le Jeune, Eisen, Girodet et autres, pour *Pygmalion*.

Belles épreuves, quatre sont avant la lettre.

172. **Rousseau** (J.-J.). Réunion de cent dix-sept vignettes in-18 et in-8, d'après Marillier, Monnet, Moreau, Lebarbier et autres, pour les *Œuvres*.

Belles épreuves, la plupart sont avant la lettre.

173. **Saint-Pierre** (Bernardin de). Un portrait et six figures in-12, dessinés et gravés à l'eau-forte par Hédouin. pour *Paul et Virginie*. Éd. Jouaust.

Épreuves en double état, eaux-fortes pures et avant la lettre sur papier du Japon.

174. **Saint-Pierre** (Bernardin de). Réunion de quarante-huit figures in-18 et in-8 de Corboult, Moreau, Desenne et autres, pour *Paul et Virginie*.

Belles épreuves, plusieurs sont avant la lettre, ou en épreuves de graveur.

175. **Scott** (Sir Walter). Quatre-vingts figures, in-8, d'après A. Desenne, pour les *Œuvres*. Éd. Ch. Gosselin.

Épreuves sur papier de Chine, marges gr. in-8.

176. **Scott** (Sir Walter). Trente-trois figures, in-8, d'Alfred et de Tony Johannot, pour les *Œuvres*. Éd. Furne, 1830.

Épreuves sur papier de Chine, marges, gr. in-8.

177. **Scott** (Sir Walter). La même collection.

Belles épreuves, avant la lettre, marges in-folio dans la couverture de publication.

178. **Scott** (Sir Walter). La même collection.

Épreuves à l'eau-forte pure, en feuilles in-4. On y a joint un portrait gravé par Hopwood, à l'eau-forte pure, sur papier de Chine, ensemble 34 pièces.

179. **Sévigné** (Mme de). Un portrait et dix-sept figures, in-8, têtes de pages, dessinés et gravés à l'eau-forte par Foulquier, pour les *Lettres choisies*. Éd. Mame.

Épreuves avant la lettre, sur papier de Chine volant, à toutes marges.

180. **Sterne** (L.). Un portrait et cinq figures, in-12, dessinés et gravés à l'eau-forte par Éd. Hédouin, pour le *Voyage sentimental*. Éd. Jouaust.

Épreuves avant la lettre sur papier de Chine.

181. **Vinkelès** (R.). Vingt-cinq titres gravés, soixante-dix-sept portraits et soixante-dix-sept estampes, publiés dans une édition de la *Révolution Française*, publiée en Hollande.

Belles épreuves du premier tirage avec la mention Proefdruk à toutes marges.

182. **Vinkelès** (R.). Vingt-cinq titres gravés et soixante-dix-sept estampes de la même collection.

Très belles épreuves avant la lettre, grandes marges (deux titres sont avec la lettre).

183. **Voltaire**. Un portrait, deux frontispices et vingt et une vignettes, têtes de page, par Duplessis-Bertaux, pour la *Pucelle*. Éd. de Cazin.

Épreuves tirées à la sanguine sur papier de Chine volant.

184. **Voltaire**. Cent treize figures, portraits et titres, d'après Moreau le Jeune, pour les *Œuvres*. Éd. de Kehl, 1785.

Belles épreuves, marges in-8.

185. **Voltaire**. Cent treize figures, in-8, de Moreau le Jeune et quarante-sept portraits, par Aug. de Saint-Aubin et autres, pour les *Œuvres*. Éd. Renouard, 1802.

Belles épreuves en double état, avant et avec la lettre, en feuilles in-4. On y a joint vingt-deux portraits supplémentaires, ensemble 340 pièces (manque une planche en double état pour le théâtre).

186. **Voltaire.** Quatre-vingts figures et portraits, in-8, d'après Alex. Desenne, pour les *Œuvres*. Éd. Beuchot.

Très belles épreuves en double état, avant la lettre et à l'eau-forte pure sur papier de Chine. On y a joint quatre portraits : *Alexandre Desenne, Dunois, Jeanne d'Arc, Voltaire* et une estampe in-4 pour la *Pucelle* d'après Monsiau, épreuve avant la lettre, ensemble 165 pièces réunis en un vol. petit in-folio, demi-rel. maroq. rouge avec coins, t. d. n. rog. (Capé). Des collections de la duchesse de Berry et Emmanuel Martin.

Paris. — Typ Chamerot et Renouard, 19, rue des Saints-Pères. — 34664

www.ingramcontent.com/pod-product-compliance
Ingram Content Group UK Ltd.
Pitfield, Milton Keynes, MK11 3LW, UK
UKHW020517180726
13839UKWH00005B/2148